APOLLON

ET

CORONIS,

SECONDE ENTRÉE

DES AMOURS DES DIEUX,

REMISE EN MUSIQUE,

ET REPRÉSENTÉE

POUR LA PREMIERE FOIS;

PAR L'ACADÉMIE-ROYALE

DE MUSIQUE,

Le Jeudi 3 Mai 1781.

PRIX XII SOLS.

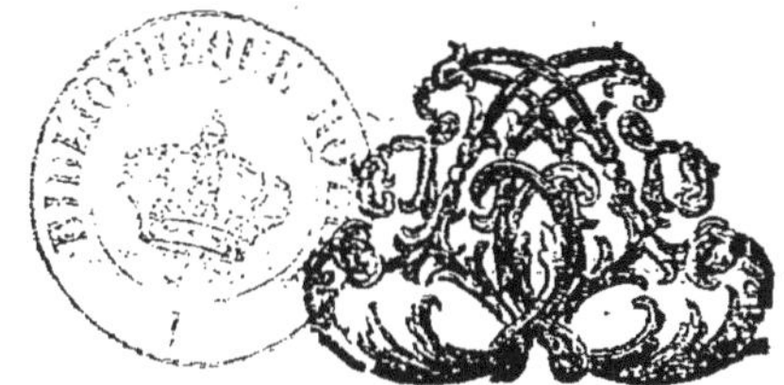

AUX DÉPENS DE L'ACADEMIE.

De l'Imprimerie de P. DE LORMEL, Imprimeur de ladite Académie, rue du Foin Saint-Jacques, à l'Image Sainte Genevieve.

On trouvera des Exemplaires du Poëme à la Salle de l'Opéra.

M. DCC. LXXXI.

AVEC APPROBATION ET PRIVILEGE DU ROI.

Les Paroles de **FUSELIER**.

La Musique de M. **RAY**, Maître de Musique de la Chambre du Roi, & de l'Académie-Royale de Musique ; & de M. **RAY**, ordinaire de la Musique du Roi.

ACTEURS et ACTRICES

CHANTANS DANS LES CHŒURS.

CÔTÉ DE LA REINE.		CÔTÉ DU ROI.	
Mesdemoiselles.	*Messieurs.*	*Mesdemoiselles.*	*Messieurs.*
Thaunat.	Candeille.	Dubuisson.	Peré.
d'Hauterive.	Larlat.	Girardin, l.	Le Grand.
des Rosières.	Capoi.	Rosalie.	Poussez.
Veron.	Rey.	Garrus.	Tourillon.
Dumoutier.	Degental.	Rouxelin.	Haran.
Gavaudan.c.	Méon.	Sanctus.	Le Vasseur.
Eugenie.			Cavailhés.
Josephine.	Baillon.	Prieur.	Moulin.
La Maniere.	Tacuffet.	Charmoy.	Itaffe.
Fel.	Cleret.	Des Lions.	Jalaguier.
De Raix.	de Lori.	Leclerc.	Huet.
	Fagnan.	Le Bœuf.	Bouvard.
	Joinville.	Desportes.	Jouve.
	Martin.		Blery.

iv

PERSONNAGES.

APOLLON, *en Berger*, M. Le Gros.
CORONIS, *Amante d'*IPHIS,
   *aimé d'*APOLLON,   Mlle. Laguerre.
IPHIS, B*erger*, *Amant de*
   CORONIS,   M. Laïs.
ISMENE, *Bergere*, *Amie de*
   CORONIS,   Mlle. Gavaudan.
MERCURE,   M. Chéron.
UNE BERGERE,   Mlle. Audinot.
BERGERS & BERGERES.

La Scene est dans un Hameau de la Thessalie.

PERSONNAGES DANSANTS.

BERGERS & BERGERES.

M. FAVRE,   Mlle. DORLAY.
Mlle. DELIGNI, Mlle. DORIVAL.
Mrs. Barré, Guillet, c. Giguet, Duffel, Beaupré,
   Blanche, Henry, Doucet.
Mlles. La Croix, Camille, Thifte, Vilette, Simon,
   St.-Opportune, Deperesse, Delisle.

APOLLON

APOLLON et CORONIS.

Le Théâtre repréfente un Hameau de la Theffalie.

SCENE PREMIERE.

CORONIS, ISMENE,

ISMENE.

POur vous quelle gloire nouvelle!
Aimable Coronis, quoi, ce berger fidele,
    Qui fur vos pas foupire nuit & jour,
C'eft Apollon?

CORONIS.

    Banni par le Dieu du tonnerre,
  Le plus beau climat de la terre
Le dédommage ici du célefte féjour.

A

ISMENE.

Pourquoi dérobés-vous ce triomphe à l'Amour ?

Non, je ne connois que vos charmes
Qui puissent effacer le souvenir des Cieux.

Vous contraignés les Dieux
A vous rendre les armes :

Non, je ne connois que vos charmes
Qui puissent effacer le souvenir des Cieux.
Vous ne m'écoutés pas…

CORONIS.

Veux-tu te faire entendre ?
Ne me parles plus que d'Iphis.

ISMENE.

D'Iphis ! que dites-vous, & qu'allés-vous m'apprendre ?

CORONIS.

Un secret, que mes yeux devroient t'avoir appris.

Un feu nouveau me dévore ;
Rien n'égale sa douceur :
Sans cette aimable ardeur,
J'ignorerois encore
Les plus charmants plaisirs que peut goûter un cœur.

ISMENE.
Quoi, vous changés !
CORONIS.
L'Amour me le pardonne.
J'aime Iphis, ce jeune étranger.
ISMENE.
Coronis abandonne
Un Dieu pour un berger !
CORONIS.
Tu n'as jamais aimé, si mon aveu t'étonne.
CORONIS.
Comment défendrés-vous votre légéreté ?
Le rang d'Appollon vous accuse.
CORONIS.
Apollon lui-même m'excuse,
Lorsqu'il m'instruit de sa divinité.

Le fils de Jupiter, le Dieu qui nous éclaire
Par l'Himen près de moi, ne peut-être arrêté,
C'est un crime pour lui que d'avoir sçu me plaire ;

Gardons-nous de former des vœux
Que suit une honte certaine :
Amour, on doit briser ta plus aimable chaîne,
Quand l'Himen ne doit pas en resserrer les nœuds.

ISMENE.

Près d'un amant, que votre cœur offenfe,
Votre légéreté voudroit changer de nom ;
Et vous prêtés à l'inconftance
Le langage de la raifon.
Mais Iphis doit trembler du deftin d'Apollon.

CORONIS.

Je lui cache le fort de ma premiere flâme...

ISMENE.

Et vous le trahiffés par ce déguifement...

CORONIS.

Ce n'eft pas trahir un amant
Que d'épargner des foins & du trouble à fon âme.

ISMENE.

Ne prévoyés-vous pas cent périls en ce jour ?

CORONIS.

Le bandeau de l'Amour
Laiffe voir fes plaifirs & nous cache fes peines.

Dans un cœur trop fenfible, enchanté de fes chaînes,
La raifon n'a point de retour.
Le bandeau de l'Amour
Laiffe voir fes plaifirs & nous cache fes peines.

On vient. C'eft Apollon : déguifons mon ardeur.
Quel trifte moment pour mon cœur !

SCENE II.

APOLLON, CORONIS.

APOLLON.

Je ne m'occupe plus que de mon feu fincere :
Charmante Coronis, le bonheur de vous plaire
    Du Souverain maître des dieux
    M'a fait oublier la colere :
    En vain il m'a banni des Cieux ;
    Je les retrouve dans vos yeux.

Vous connoiffés enfin l'amant qui vous engage…

CORONIS.

Peut-être avés-vous cru par un brillant hommage
Flater un jeune cœur, animer fes defirs.
    Et que j'aimerois davantage
Quand je faurois qu'un Dieu m'adreffoit fes foupirs.

APOLLON.

Je vous ai fait l'aveu de ma grandeur fuprême ;
Pouvois-je vous cacher le fort de votre amant !
    Le plus leger déguifement
    Devient un crime, quand on aime.

Depuis, qu'inconnu sur ces bords,
Je prends soin des troupeaux d'Admete,
Vous daignés de ma flâme approuver les transports.
Quelle félicité parfaite!
Le sort m'a fait berger pour combler mes desirs :
Qu'en restant dans les Cieux je perdois de plaisirs!

CORONIS.

Quelque soit l'excès de sa flâme,
Un Dieu n'a pas long-tems les transports d'un berger:
Et, lorsque la grandeur lui parle de changer,
L'amour sort bien-tôt de son âme.

Quelque soit l'excès de sa flâme,
Un Dieu n'a pas long-tems les transports d'un berger.

APOLLON.

Connoissés mieux & mon cœur & vos charmes ;
Non, il ne sont pas faits pour l'infidélité.
Ma constance & votre beauté
Condamnent vos allarmes.

Connoissés mieux & mon cœur & vos charmes ;
Non, il ne sont pas fait pour l'infidélité.

(MERCURE *descend des Cieux.*)

CORONIS.

Quel Dieu du haut des Cieux descend dans nos
boccages ?

APOLLON.

C'est Mercure. Sous ces ombrages,
Quel dessein l'amene aujourd'hui !

CORONIS.

Il paroît vous chercher : je vous laisse avec lui.

SCENE III.

MERCURE, APOLLON.

MERCURE.

J Upiter veut enfin oublier votre offense :
Il répond aux desirs de cent climats divers ;
Il vous rappelle : il faut jouir de sa clémence ;
Quittés la terre, allés, les Cieux vous sont ouverts.
Sur votre char brillant, volés, rendés au monde
Le Dieu qui doit seul l'éclairer ;
L'Olympe vous attend, partés sans différer,
Rendés à l'univers votre clarté féconde ;

Pour embellir les Cieux, la Terre & l'Onde
Il suffira de vous montrer.

APOLLON.

Mercure, je rends grace au zele
Qu'aujourd'hui vous me faites voir
Allés, je suivrai mon devoir :
Apollon doit partir, quand Jupiter l'appelle.

(MERCURE *sort.*)

SCENE

SCENE IV.

APOLLON, *seul.*

(On entend le prélude d'une Fête champêtre.)

QUels font ici les jeux que j'entends célébrer?..
Mais cherchons Coronis ; allons lui déclarer
    Que Jupiter excufe mon offenfe...
    Ah! Dieu cruël, que je hais ta clémence !
Elle va m'éloigner de l'objet de mes feux,
Et retarder le prix de ma perfévérance.
M'accorder un pardon fi contraire à mes vœux,
Ce n'eft pas appaifer ton courroux rigoureux,
C'eft redoubler encor ta fatale vengeance.

B

SCENE V.

IPHIS, BERGERS ET BERGERES.

IPHIS.

CHantés, bergers chantés; réveillés-vous échos;
Répondés à nos voix, imités nos musettes:
Que notre sort est doux dans ces belles retraites!
L'amour même jamais n'en trouble le repos.

LE CHŒUR.

Chantons; réveillés-vous, échos, &c.

(On danse.)

LA BERGERE.

Dans nos champs s'il coûle des larmes,
  Des ingrats
Ne nous les arrachent pas.
Nous pouvons aimer sans allarmes;
  Ici tous les cœurs
Ne font jamais vains ni trompeurs:
La Bergere ignore ses charmes,
  Et l'art de changer
N'est pas su du Berger.

(On danse.)

SCENE VI,

CORONIS, IPHIS, ISMENE, BERGERS.

*CORONIS, au fond du Théâtre, à part
à ISMENE.*

APollon quitte enfin ces lieux ;
Rien ne m'allarme plus, j'ai reçu ses adieux...

(*Elle apperçoit* IPHIS *& les* BERGERS.)

Mais, c'est vous, cher Iphis ! Quelle fête galante ?

I P H I S.

C'est ma félicité que sur ces bords on chante.

A l'auteur de vos jours je viens d'ouvrir mon cœur.
Conduit par l'espérance, inspiré par ma flâme,
Mes respects, mes soupirs ont attendri son âme ;
Il veut que votre main couronne mon ardeur.

Que ce jour a pour moi de charmes !
L'Himen me donne enfin ce que me doit l'Amour :
Et le bien le plus doux, accordé sans retour,
Va payer mes tendres allarmes :
Que ce jour a pour moi de charmes !
L'Himen me donne enfin ce que me doit l'Amour.

B ij

CORONIS & IPHIS.

Amour, rendés toujours aimables
Des nœuds que l'Himen rend durables ;
Ne nous quittés jamais,
Nos tendres cœurs méritent vos bienfaits.

CORONIS, aux Bergers.

Recommencés vos jeux fous ce paifible ombrage.

(*On danfe.*)

IPHIS.

Que tout ici retentiffe
Des appas de Coronis.

CORONIS.

Que tout applaudiffe
A l'amour d'Iphis.

ENSEMBLE, avec le Chœur.

Que tout retentiffe
Des appas de Coronis :
Que tout applaudiffe
A l'amour d'Iphis :
Que leurs noms, que leurs cœurs foient à jamais unis.

SCENE VII.

APOLLON, CORONIS, ISMENE, IPHIS, BERGERS.

APOLLON, à part, au fond du Théâtre.

PRêt à monter aux Cieux, quels chants viens-je
 d'entendre ?
A ce funeste outrage aurois-je dû m'attendre !
La perfide ! *

(* *APOLLON avance & veut frapper CORONIS de
 son Javelot ; il est retenue par IPHIS.*)

IPHIS, à APOLLON.

Arrêtés, Berger trop inhumain.

*CORONIS, à IPHIS, se mettant entre lui &
APOLLON.*

C'est un Dieu, sauvés-vous, votre courage est vain ;
Sauvés-vous, cher Iphis.....
              (*Les CHŒURS se retirent avec effroi.*)

APOLLON.

                  L'ingrate !... l'infidele !....
Lorsqu'elle doit trembler, lorsqu'elle est criminelle,
          Elle ne craint que le trépas
D'un mortel téméraire, aussi coupable qu'elle...

(CORONIS *entraîne* IPHIS *dans la coulisse, où*
APOLLON *lance son Javelot.*)

Ah ! sa terreur me montre où doit frapper mon bras...
Meurs, indigne rival !...

CHŒUR, *derriere le théâtre.*

O disgrace cruelle !

APOLLON.

Enfin je suis vengé de l'audace d'Iphis !

CHŒUR, *derriere le théâtre.*

Hélas ! le même trait a frappé Coronis !
L'amour les unissoit, le trépas les rassemble ;
Ils expirent ensemble !

APOLLON.

Le Destin m'a donc mieux servi que ma fureur :
Je me suis, d'un seul coup, immolé deux victimes.

CHŒUR, *derriere le Théâtre.*

Quel spectacle affreux ! quelle horreur !

APOLLON.

Bergers, qui n'estimés qu'une sincere ardeur,
Devés-vous les pleurer, vous, qui savés leurs crimes ?

CHŒUR, *derriere le Théâtre.*

Portons ces deux amants dans le même tombeau :
Que l'Amour avec eux enferme son flambeau.

SCÊNE VIII.

APOLLON, seul.

JE frémis... leurs regrèts , malgré-moi , m'at-
tendriffent :
De funeftes remords me frappent. .... me faifif-
fent....
Quai-je fait ! Coronis... quoi , ma barbare main
A donc lancé le trait qui vous perce le fein ?
O Ciel ! vous defcendés fur les rivages fombres...
Et mon rival vous fuit dans l'empire des Ombres...
Coronis , vous mourés !.. O deftin trop cruël !..
Coronis vous mourés... & je fuis immortel !

Forcé de vivre , hélas ! par une loi fuprême ,
    Que rien ne peut changer ,
    Quel défefpoir extrême !
C'eft par moi que je perds le cher objet que j'aime ;
J'ai pu caufer fa mort , je ne puis la venger !
Que l'Univers entier reffente mes allarmes :
    On ne fauroit trop répandre de larmes

Pour le fang que ma rage a verfé dans ce jour...
Ah ! cachons mes fureurs dans une nuit profonde,
Et ceffons d'éclairer le Monde,
Puifque je n'y vois plus l'objet de mon amour.

F I N.

A P P R O B A T I O N.

J'AI lu par Ordre de Monfeigneur le Garde des Sceaux, une réimpreffion de l'Acte d'*APPOLLON & CORONIS*, & je n'y ai rien trouvé qui m'ait paru devoir en empêcher l'impreffion.

A Paris, ce 2 Mai 1781.

BRET.

9 782013 552806